CAROLE TREMBLAY

Le petit robot extra poutine

D0925911

ILLUSTRATIONS : LUC MELANSON

Dominique et compagnie

Les personnages

H2J 3W6, L'ENFANT ROBOT

Le jeune robot est le fils unique de monsieur PS4 et de madame RX5. Hélas, il est né avec une défectuosité technique qui lui donne une très étrange façon de parler.

JEAN-CLAUDE, LE ROBOT RÉPARATEUR

Jean-Claude, le robot réparateur, n'est plus très jeune. Il est né à l'époque où il y avait encore des humains sur Terre, il y a plus de deux mille ans.

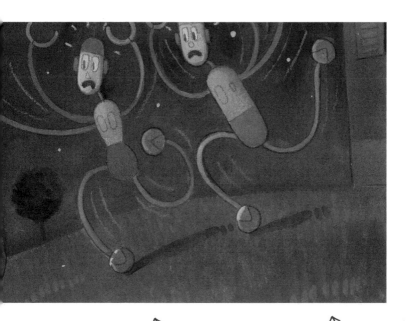

H2O RX5, LA MAMAN ROBOT

Madame RX5 est prête à tout pour réparer son fils adoré. Même à affronter d'affreuses bestioles volantes.

LG2 PS4, LE PAPA ROBOT

Monsieur PS4 est un très gentil robot. Il a travaillé très fort avec son épouse pour construire son petit H2J.

CHAPITRE 1

Il est né, le divin robot

C'est un grand jour.

Le plus grand jour dans

la vie de monsieur PS4 et

madame RX5 : ils viennent

de terminer leur bébé.

Ils sont si fiers que leurs

circuits électriques font
presque des étincelles.

La majorité des robots
qui désirent fonder
une famille se contentent
de commander leur futur
enfant par catalogue.
Mais pas monsieur PS4
et madame RX5. D'abord,
parce qu'ils ne sont pas très
riches. Et puis, parce
qu'ils voulaient

un petit bien à eux.

Un enfant qu'ils auraient

fait de leurs propres mains,

à partir de pièces qu'ils

auraient choisies une à une.

   Monsieur PS4 ajoute

une dernière goutte d'huile

aux articulations. Madame

RX5 vérifie que le boulon

de la tête est bien serré.

Ça y est. Le grand moment

est arrivé : c'est l'heure de

mettre leur petit chéri
en marche.

– Comment allons-nous
l'appeler ? s'interroge
maman RX5.

Un petit voyant lumineux
clignote sur le ventre
de papa PS4. C'est
la preuve qu'il réfléchit.

– Si on l'appelait H2J 3W6,
en souvenir de mon oncle

qui travaillait au bureau
de poste ?

– Excellente idée !
s'exclame madame RX5.
C'est tout à fait chou. Et en
plus, ça lui va à merveille.

– On est prêts, alors ?
demande papa PS4.

– On est prêts ! répond
sa femme.

Les deux robots déplient

Chlic !

Chlic !

leur index – chlic ! – et

ils appuient ensemble
sur le bouton de démarrage
de leur fils.

D'abord, il ne se passe rien.
Mais alors, rien du tout.

Madame RX5 jette
un regard angoissé vers
son mari. Celui-ci lui fait
signe de rester calme.
Il faut laisser le temps
aux câbles tout neufs
de se connecter.

Des secondes plus longues qu'un jour sans télé s'étirent dans le silence.

C'est alors que… H2J 3W6 pousse son premier *Bip!* *Bip!* «bip!», suivi d'un autre encore plus fort. Les parents robots entendent avec soulagement le moteur de leur fils se mettre à ronronner.

rrr rrr rrr

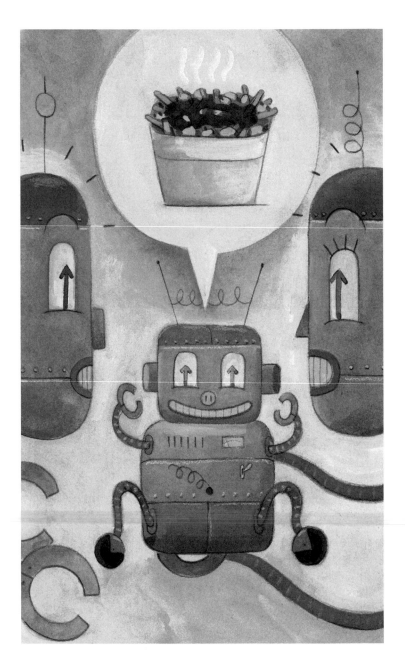

CHAPITRE 2

Une étrange façon de parler

– Nous avons réussi! Nous avons fabriqué un bébé! s'écrie monsieur PS4.

– Nous-mêmes! ajoute son épouse.

– Et il marche!

Monsieur PS4 et madame RX5 clignotent de partout tellement ils sont contents.

– Alors, mon trésor, comment te sens-tu ? demande gentiment le nouveau papa.

Le petit robot émet toutes sortes de cliquetis avant de répondre :

– Extra poutine !

Monsieur PS4 et madame RX5 se regardent, étonnés.

– Qu'est-ce qu'il dit? veut savoir papa robot.

– Pizza jumbo extra fromage sans anchois, poursuit H2J.

– Je ne comprends pas, répond madame RX5. Tu es sûr que tu as mis les pièces du haut-parleur à la bonne place, mon chéri?

– Douze pogos sans
moutarde, ajoute le petit
automate.

– Oui, oui, je suis convaincu
de les avoir installées
au bon endroit, répond
monsieur PS4. D'ailleurs,
tu vois bien qu'il parle.
C'est juste que…

– Deux gâteaux
au chocolat.

– … on dirait qu'il s'exprime dans une langue étrangère.

– Pour manger ici ou pour emporter? demande brusquement H2J 3W6.

Monsieur PS4 et madame RX5 tressaillent. Ce sont peut-être de drôles de mots, mais c'est bien du français.

– Pardon? susurre la maman pour le faire répéter.

— Pour manger ici ou pour emporter?

— Manger…, fait le papa, pensif. J'ai déjà vu ce mot quelque part.

Il active tous ses circuits afin de mieux chercher dans ses fichiers de mémoire.

Clic ! Clic ! Clic ! Clic !

— Oui! Ça me revient.

C'est comme ça que les humains se régénéraient

dans le temps. Ils mettaient
des choses dans leur
bouche, agitaient
la mâchoire comme
s'ils parlaient, et ensuite
les choses broyées glissaient
dans leur tuyauterie.
Quelques heures plus tard,
elles ressortaient par le bas,
d'une autre couleur,
avec une odeur bizarre.

– Tu es sûr ? ! s'exclame madame RX5 avec *Beurk !* une moue dégoûtée.

– C'est ce que disent mes banques de données, en tout cas…

– Mais comment se fait-il que notre petit robot connaisse cet étrange vocabulaire ? s'interroge maman RX5. Il y a plus de deux mille ans que

les humains ont disparu
de la planète!

Monsieur PS4 l'ignore. Ce qu'il sait, par contre, c'est qu'il est impossible pour l'instant de communiquer avec son fils. Les fichiers de son intelligence artificielle ne contiennent que des informations alimentaires. Il ne sait rien dire d'autre.

– Je suis sûr que c'est
la faute du fournisseur,
dit monsieur PS4. Il a dû
nous refiler des composantes
usagées. J'avais pourtant
précisé que je ne voulais
que des pièces neuves
et de la meilleure qualité !
Je l'appelle immédiatement
pour exiger des explications !

CHAPITRE 3

Pièces non garanties

Hélas, c'est un message enregistré qui répond au pauvre papa. Le magasin a fermé ses portes. Il n'y a plus aucun moyen de

retrouver le malhonnête vendeur.

Monsieur PS4 raccroche, catastrophé.

– On ne pourra pas échanger les pièces, le magasin n'existe plus !

Qu'est-ce qu'on va faire ?

– Deux hot-dogs relish moutarde ! répond H2J, plein d'entrain.

Ce soir-là, quand monsieur PS4 et madame RX5 se branchent sur leur base pour se recharger, ils sont bien tristes. Leur enfant, leur enfant unique, la création dont ils étaient si fiers a un défaut technique.

Une défaillance grave qu'ils ne savent pas comment soigner.

Ils vont devoir l'emmener
chez un réparateur.

Dans un monde de robots
si perfectionnés, il est très
mal vu d'avoir des pièces
défectueuses. Les robots
qui ne sont pas performants
sont systématiquement
détruits. Aller chez
un réparateur peut être
dangereux pour H2J, car
si l'anomalie dont il souffre

est irréparable, il sera sans doute envoyé au broyeur. Mais les malheureux parents n'ont pas le choix.

Ils vont devoir prendre ce risque.

CHAPITRE 4

Qui a peur des réparateurs ?

Le lendemain, madame RX5 cherche sur son réseau Internet intégré l'adresse des meilleurs réparateurs du pays. Elle en déniche trois.

L'un d'eux habite la rue d'à côté. Les nouveaux parents décident de commencer par celui-là.

– Deux œufs tournés bacon saucisses, déclare H2J aussitôt après avoir été rallumé. Avec un café bien tassé.

– Quel drôle de vocabulaire ! ne peut s'empêcher de dire

sa maman. On comprend
un mot sur deux.

— Deux sucres un lait dans
le café, complète H2J.

La petite famille monte
à bord du VMT, le Véhicule
Multifonctionnel de
Transport, et se dirige
vers le Centre de services
techniques Mégaoctet.

Une jeune demoiselle
robot, très design,

sûrement un modèle
de l'année, les accueille
à la réception.

– Bonjour, comment puis-je
vous aider ? grésille-t-elle
quand elle les voit arriver.

– Un club-sandwich sans
mayonnaise ! la salue
gaiement H2J 3W6.

La jolie dame robot cligne
des yeux. Son disque dur Clic !
se met à tourner plus vite. Clic !

Clic !

Elle ne parvient pas à identifier la langue. Elle répète donc sa question :

– Bonjour, comment puis-je vous aider ?

Avant que monsieur PS4 et madame RX5 aient le temps d'ouvrir la bouche, H2J lance :

– Un double hamburger avec des frites !

Comme la réceptionniste
robot comprend que H2J
parle français, mais
ne reconnaît aucun
des mots qu'il prononce,
son cerveau électronique

s'embrouille. Un voyant

rouge s'allume sur sa robe.

– Excusez notre fils,

s'empresse de dire monsieur

PS4. Il a une défectuosité

technique.

– C'est d'ailleurs pour ça que nous sommes ici, continue madame RX5. Serait-ce possible de voir un réparateur?

La jeune demoiselle robot ne bronche pas. Seul son voyant rouge clignote.

– Oups… On dirait qu'elle a disjoncté.

CHAPITRE 5

Des modèles jetables

– Mmm…, fait madame RX5 d'un air supérieur. Ces nouveaux modèles de réceptionnistes sont très jolis, mais leur processeur n'est pas très puissant…

– Qu'est-ce qu'on fait?
demande le papa.

– Un macaroni au fromage,
suggère H2J.

Monsieur PS4 et madame
RX5 roulent jusqu'à
l'arrière-boutique pour
chercher de l'aide, mais
ils ne trouvent personne. Il
n'y a que des caisses et des
caisses de robots identiques
à celui qui leur a répondu.

– Ça alors, ils utilisent
des modèles jetables
comme réceptionnistes !
s'écrie monsieur PS4.

– Pour un réparateur,
ce n'est pas très fort, ajoute
madame RX5. Je crois
qu'on devrait aller voir
ailleurs. Ce centre de
réparation ne m'inspire pas
confiance.

– Tu viens, H2J ?

– Pizza pochette, répond
ce dernier.

Madame RX5 glisse
à l'oreille de son mari :
– Tu sais quoi, chéri ?
J'ai parfois l'impression
qu'il nous comprend.

CHAPITRE 6

Deuxième tentative

Le deuxième réparateur
est situé à l'autre bout
de la ville. C'est un
mégacentre de dix étages,
avec des ascenseurs,
des escaliers mécaniques
et des tapis roulants.

Des écrans installés aux quatre coins de l'immense hall annoncent les promotions. Augmentation de la mémoire. Huilage. Changement de langue. Ajout de fonctions. Tout est possible.

– Ce centre est nettement mieux que l'autre, s'écrie madame RX5, dès qu'elle franchit la porte.

Monsieur PS4 aussi
s'enthousiasme à la vue
de toutes ces splendeurs
technologiques.

Ouais !   Wow !   Oh là là !

Une gigantesque pince
aimantée descend
du plafond, les saisit tous
les trois par les épaules et
les dépose sur un chariot
à roulettes. Le chariot fonce

43

ensuite jusqu'à un comptoir
d'acier rutilant derrière
lequel se tient un robot
bien huilé.

– Bonjour, messieurs-dames.
Que puis-je faire pour
vous ? demande-t-il
d'une voix chantante.

– Six lasagnes gratinées,
une soupe aux pois
et un hot chicken,
déclare H2J en souriant.

– Je vois, répond aussitôt
le robot de l'autre côté du
comptoir. Ce jeune individu
souffre d'une défaillance
du bloc latéral de
la conversation.

– Quelle efficacité ! souffle
madame RX5, enchantée.

– Veuillez remplir ce
formulaire d'inscription,
poursuit le préposé en leur
tendant un écran miniature.

Madame RX5 s'en saisit et commence à répondre aux questions concernant la construction de leur fils.

Lorsqu'elle rend le formulaire électronique au préposé, un ticket de caisse s'éjecte du comptoir avec un petit bruit sec.

Tchac!

Le commis robot l'attrape et le donne aux parents.

– Cela ne vous coûtera
que la modique somme
de trois millions de pixels
pour faire réparer votre fils.

Madame RX5 émet
un « bip » de surprise.

Bip !

– Trois millions de pixels !
s'écrie monsieur PS4.
Mais où voulez-vous qu'on
trouve une somme pareille ?

Il a à peine fini sa phrase
que l'immense pince
aimantée vient
les rechercher.
En moins de deux, les trois
robots se retrouvent
dans le stationnement.
Carrément mis à la porte,
comme des moins que rien.
Pour réconforter
son épouse, monsieur PS4
murmure :

– Tout n'est pas perdu.

Il reste un réparateur,

ma chérie.

– Oui, mais il est loin.

À des kilomètres en dehors

de la ville.

Monsieur PS4 caresse

la tôle des joues de H2J.

– Te sens-tu capable

d'y aller, fiston ?

– Super combo de luxe !

répond H2J.

– On y va alors! s'exclame
sa maman.

Vroum! Vroum!
Vroum!

CHAPITRE 7

Jamais deux sans trois

La route jusqu'au dernier réparateur est encore plus longue que prévu. Monsieur PS4 craint que leur VMT n'ait pas assez d'énergie pour faire l'aller-retour. Il s'inquiète

aussi pour eux trois. S'ils ne

sont pas rentrés avant

la nuit, trouveront-ils

une base du bon modèle

pour se recharger?

Madame RX5, qui a repris

confiance, dit à son mari:

– Tu t'en fais pour rien,

chéri. Je suis sûre qu'un

réparateur professionnel

possède des chargeurs

pour tous les types
de robots.

— Peut-être, mais à quel prix ? maugrée monsieur PS4.

— 12,95 $ pour le hot chicken, lance H2J du siège arrière.

Madame RX5 regarde son époux.

— Tu vois bien qu'il nous comprend !

– Et ça inclut la soupe
et le dessert! continue
le jeune robot.

Il sourit comme s'il venait
d'annoncer la meilleure
nouvelle en ville.

– Je suis convaincue
qu'il n'a rien de grave,
se réjouit madame RX5.
Juste un petit ajustement
de rien du tout et il sera
tout à fait rétabli!

Oh! j'ai tellement hâte d'avoir une vraie conversation avec lui !

CHAPITRE 8

Région sauvage

Deux heures plus tard,
la famille robot approche
enfin du village où habite
le réparateur repéré
par madame RX5.

L'endroit est vraiment
étrange. À côté de certaines

maisons, il y a encore

ces choses vivantes et vertes

qu'on appelait des arbres.

– Un peu plus et on

se croirait dans une de

ces régions horriblement

sauvages que les humains

nommaient « banlieues »,

dit madame RX5.

– Tiens, c'est ici, annonce

alors son mari en indiquant

une cabane en bois.

– Ah ! s'écrie madame Ah !
RX5 en frissonnant, cette
maison est faite en arbre !
On dirait qu'elle ne contient
même pas un gramme
de produit synthétique.
Comment un robot peut-il
vivre dans une habitation
pareille ? ? ? ?

Monsieur PS4 hausse
les épaules. Il n'ose rien
dire pour ne pas effrayer

davantage sa femme, mais
il n'est pas très rassuré,
lui non plus.

Madame RX5 hésite. Elle
n'ose pas sortir du VMT.
Elle scrute la petite boutique
par la vitre du véhicule.

– Ça ne me dit rien
qui vaille…

Monsieur PS4 suit
des yeux un papillon qui
volette autour de la cabane.

– Pour tout t'avouer, à moi
non plus, marmonne-t-il.
Je n'ai pas très envie
de confier mon fils à
un réparateur qui vit avec
ce genre de bestioles.

Le papillon s'approche
du VMT.

AU SECOURS!

– C'est même hors de
question! s'écrie madame
RX5. Allez, redémarre,
on fonce à la maison!

– Impossible, chérie.

Le VMT a besoin

d'être rechargé.

– D'accord, on trouve

un centre de ravitaillement,

on fait le plein et on repart

illico.

Monsieur PS4 et madame

RX5 regrettent de s'être

aventurés si loin sans

avoir emporté une pile

de rechange.

Le VMT continue  d'avancer sur cette route étrange. Il n'y a aucun centre de ravitaillement en vue. Alors qu'ils passent devant un arbre chargé de grosses boules rouges, H2J commence à s'agiter. Sa tête pivote à toute vitesse. Elle fait trois tours sur elle-même avant de s'arrêter.

– Jus de pomme ou jus
de raisin? répète-t-il. Jus
de pomme ou jus de raisin?

Le jeune robot tend
les bras vers l'arbre.
Il a l'air enchanté.
– Jus de pomme ou jus
de raisin?
– Tiens, c'est étrange, dit
madame RX5. H2J réagit
comme s'il connaissait
le modèle de l'arbre, alors

qu'on n'a même pas
commencé à graver
des informations sur
son disque dur.

– C'est peut-être juste
une coïncidence, commente
distraitement monsieur PS4,
préoccupé par sa jauge
d'énergie qui baisse à
une vitesse alarmante.
Tellement alarmante que

le VMT s'arrête net, à bout
d'électricité.

– Je crois qu'on n'a plus
le choix. Il faut aller chez
cet inquiétant réparateur,
murmure monsieur PS4.

– Sur nos propres roulettes?
s'écrie madame RX5,
horrifiée.

– J'en ai bien peur,
ma chérie.

CHAPITRE 9

Des mystérieuses boules rouges

Monsieur PS4 et madame RX5 sortent du VMT. Après avoir vérifié qu'aucune bestiole volante, marchante ou rampante ne s'approche

d'eux, ils aident H2J 3W6
à s'extirper du véhicule.

– Tout va bien, mon petit,
tient à le rassurer monsieur
PS4. Il n'y a aucun danger.
Nous allons simplement
rouler jusque chez
le réparateur.

– Et nous resterons avec toi,
promet madame RX5.

Le jeune robot n'a pas l'air
effrayé du tout.

Au contraire, il semble ravi
de se promener avec
son papa et sa maman.

La petite famille avance
tranquillement. Rien de
vivant ne vient les effrayer.
Il y a bien ces arbres qui
font une ombre inquiétante,
mais comme ils sont
attachés au sol par leurs
racines, le risque qu'ils
présentent est limité.

Madame RX5 commence presque à trouver la balade agréable quand ils arrivent près de l'étrange arbre chargé de boules rouges qu'ils ont vu un peu plus tôt.

Lorsque H2J l'aperçoit, il recommence aussitôt à s'exciter.

– Tarte aux pommes ou tarte au sucre ? demande-t-il

cette fois. Tarte aux pommes
ou tarte au sucre ?

   Sa tête pivote de plus
en plus vite.

– Une boule de crème
glacée avec ça ?

– Tout doux, murmure
monsieur PS4 pour calmer
son fils. Tout doux.

   Il prend la main de H2J,
mais celui-ci la retire
d'un coup sec et s'échappe.

Il fonce vers l'arbre à vive allure.

– Tarte aux pommes! s'écrie-t-il joyeusement avant de grimper dans l'arbre.

Les circuits de madame RX5 surchauffent.

– H2J! Reviens ici! Reviens immédiatement!

Le jeune robot n'écoute pas. Il grimpe encore

un peu, puis s'assoit

sur une branche, attrape

une des boules rouges

et la met dans sa bouche.

Il la broie avec

enthousiasme.

– Non, H2J! hurle son père.

Non! Les robots ne doivent

pas manger! Arrête! Arrête

tout de suite!

   H2J, tout heureux,

continue d'agiter

sa mâchoire en cadence.

Madame RX5, au bord de

l'implosion, ferme les yeux.

Quand elle les rouvre,

la maman robot a juste

le temps d'apercevoir

son mari se précipiter

pour rattraper H2J,

qui tombe de l'arbre,

complètement hors service.

CATASTROPHE !

CHAPITRE 10

Réparateur à réparer

Après un moment de stupéfaction, madame RX5 court vers son mari pour l'aider à transporter H2J. Les deux parents

reprennent le chemin qui
mène chez le réparateur.

Ils roulent en silence
sur la route. Plus rien ne
les effraie, ni les arbres,
ni les herbes, ni même les
papillons. Dans les circuits
électriques des parents
robots, il n'y a de place que
pour une seule pensée :
«Pourvu que le processeur
de H2J ne soit pas foutu.»

Quand ils arrivent enfin chez le réparateur, le jour commence à tomber. Dans la boutique, tout est sombre.

– J'espère que c'est encore ouvert, murmure madame RX5.

C'est avec angoisse que monsieur PS4 se dirige vers la porte. Par bonheur, elle s'ouvre!

Ouf!

La petite famille pénètre
à l'intérieur du magasin.

Tapi dans l'obscurité,
un vieux, très vieux
robot tout rouillé
les regarde entrer.

– Bonjour, monsieur,
dit papa PS4.

– Bon-Jour, répond une voix
horriblement mécanique.
Qu'est-Ce-Que-Je-Peux-
Fai-Re-Pour-Vous-Ai-Der?

Le réparateur avance
vers les trois visiteurs dans
un assourdissant bruit
de ferraille.

«Comment un aussi vieux
robot, incapable de se
réparer lui-même, pourra-t-il
soigner mon pauvre
enfant?», se demande
madame RX5. Mais elle
n'ose rien dire. Ce tas

de tôle grinçant est leur

seul espoir.

– Notre fils a été victime

d'un court-circuit, raconte

monsieur PS4.

– Com-Ment-Est-Ce-Ar-Ri-

Vé ? demande le vieillard

de métal.

Madame RX5 constate

avec horreur que   Brrr !

le réparateur a une fleur

vivante accrochée à

son poitrail. Elle a

un mouvement de recul.

– N'a-Yez-Pas-Peur, la

rassure le vieux robot,

Elle-N'est-Pas-Méchante.

Alors-Comment-Est-Ce-

Arrivé ? répète le réparateur,

dont le débit semble

s'accélérer peu à peu.

– Il a tenté de broyer des boules rouges avec sa mâchoire, répond monsieur PS4.

– Des-Boules-Rouges ? Quelles-Boules-Rouges ?

– Celles qui poussent dans les arbres, le long de la route.

– Votre Fils A Essayé De Manger Des Pommes ? s'étonne le vieillard.

– Des quoi? demande madame RX5.

– Ces Boules Rouges S'Appellent Des Pommes, articule le vieux robot en roulant péniblement vers le fond de sa boutique.

Il ouvre une armoire et en sort quelques outils.

– Croyez-vous que vous allez pouvoir le réparer, monsieur? s'inquiète madame RX5.

CHAPITRE 11

Un peu d'électricité avec ça ?

– Je Vais Tout Faire Pour Le Sauver, Mais Avant, Vous Prendrez Bien Un Peu D'Électricité ? propose aimablement le réparateur en brandissant des vieux câbles tout tordus, rafistolés avec du papier collant.

– C'est que…, balbutie monsieur PS4.

Il n'est pas rassuré du tout à la vue de l'équipement préhistorique du vieillard.

On dirait quasiment qu'il date de l'époque des humains.

– Évidemment, pour accélérer le rechargement, il va falloir que je vous éteigne, précise le vieux robot.

– On est déjà chargés, s'empresse de dire madame RX5, encore plus terrorisée que son mari.

– Pourquoi Refusez-Vous? Vous Êtes Pratiquement En Panne. Vous Ne Me Faites

Pas Confiance ? demande
le vieillard en penchant
un peu la tête de côté.

– Ce n'est pas ça, ment
effrontément monsieur PS4.

– C'Est Comme Vous
Voulez. Mais Je Trouve
Que Vous N'Avez Pas L'Air
Très En Forme. Et Si J'Avais
Besoin De Votre Aide
Pour Réparer Votre Fils ?

Monsieur PS4 et madame RX5 hésitent. Doivent-ils faire confiance à cet inconnu tout rouillé ? Et si c'était un piège ? Si le vieux réparateur profitait de leur période de recharge pour les mettre en pièces ? Ça s'était déjà vu. Madame RX5 avait même lu un article là-dessus récemment dans le cyberjournal.

Si c'était lui, le Démonteur
Masqué?

– Croyez-Moi, Ça Vous
Ferait Le Plus Grand Bien,
continue le vieux robot
en agitant ses fils rafistolés.

Un de ses yeux clignote
de façon inquiétante.
On dirait qu'il risque de
s'éteindre à tout moment.

– Alors, C'est Oui?

CHAPITRE 12

Tout le monde est remis sur le piton

Quand ils rouvrent les yeux, monsieur PS4 et madame RX5 constatent avec soulagement qu'ils ont encore tous leurs morceaux. Même qu'ils se sentent beaucoup mieux. Ce vieux tas de tôle avait raison, il était temps qu'ils soient rechargés.

Rassurés, les parents robots remettent leurs circuits en marche et jettent un regard autour d'eux. Un simple coup d'œil leur suffit pour réaliser que la boutique est vide. Aucune trace du réparateur ni de

H2J. Madame RX5 imagine déjà le pire. Elle fonce vers la porte en hurlant:

– Mon enfant! Où est mon enfant?

– Et le mien! s'exclame monsieur PS4, en se précipitant derrière sa femme.

Les parents sortent de la cabane comme deux boulets de canon.

Ils trouvent le vieux robot
et leur fils installés, bien
tranquilles, sur une plate-
forme d'aluminium, en train
de contempler

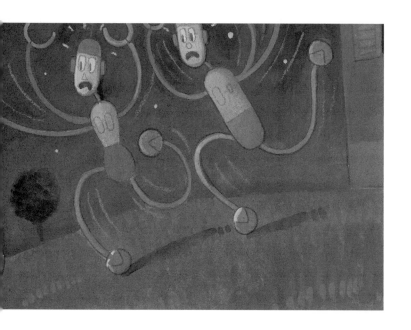

les papillons de nuit au clair

de lune.

– Pouding au riz! s'écrie

H2J quand il aperçoit

son papa et sa maman.

Le bloc-moteur de madame RX5 ne fait qu'un tour. Leur fils fonctionne ! Sa façon de s'exprimer est toujours aussi étrange, mais au moins, il fonctionne !

Hourra !

CHAPITRE 13

Le diagnostic du spécialiste

– Comment Vous Sentez-Vous? demande l'antiquité à roulettes.

– Très bien, répondent en chœur monsieur PS4 et madame RX5.

– Tant Mieux. Tant Mieux.

Le vieux réparateur explique qu'il a examiné H2J pendant qu'ils se rechargeaient. Il croit avoir identifié la cause de son étrange façon de parler.

– C'Est Une Petite Puce Électronique Située Juste Sous Le Bloc Latéral De La Conversation. Une Petite Puce Qui, Aussi Étonnant

Que Cela Puisse Paraître, Provient De L'Époque Des Humains.

– De l'époque des humains! s'écrie monsieur PS4, stupéfait.

Madame RX5 balbutie:

– Mais ça fait plus de…

– Oui, Plus De Deux Mille Ans Qu'Ils Ont Disparu, confirme le vieillard de métal. De Plus, Cette Puce Se Retrouvait

Non Pas Sur Des Robots Comme Nous, Mais Sur Des Machines Distributrices.

– Des machines distributrices ! répète madame RX5 qui n'en croit pas ses oreilles.

– Oui. Ces Machines Ont Été Créées Dans Les Années 2040 Pour Remplacer Les Restaurants.

– Les restos quoi ?

Devant le regard interloqué des parents robots, le vieux réparateur entreprend de leur expliquer ce qu'était un restaurant. Il leur raconte avec beaucoup de détails comment les humains allaient s'y recharger en avalant de la nourriture.

– Spaghetti sauce tomate!
lance H2J, qui suit
la conversation sans en
avoir l'air. Salade de thon.
Pâté chinois.

– Exactement, répond
le réparateur en
lui caressant la tête.

– Mais, dites-moi, monsieur,
est-ce qu'on va pouvoir
le guérir? demande papa
PS4, inquiet.

– Je Ne Sais Pas, répond

le vieillard. Il Faudra L'Opérer

Pour Retirer La Puce.

C'Est Elle Qui L'Empêche

De Parler Normalement.

Le Problème, C'Est Que

Cette Puce Est Soudée

À Une Autre Pièce Qui, Elle,

Est Fondamentale Pour

Le Fonctionnement Du Bloc

Électrique. Les Risques Sont

Élevés Et Je Ne Peux Rien

Vous Garantir. Il S'Agit
D'Une Intervention Très,
Mais Vraiment Très Délicate.
Sûrement L'Opération La
Plus Délicate Que J'Aurai À
Effectuer De Toute Ma Vie.

CHAPITRE 14

En attendant Jean-Claude

– À Propos, Je M'Appelle Jean-Claude, dit le vieux robot en tendant la pince à monsieur PS4 et madame RX5.

Madame RX5 doit faire un effort pour ne pas éclater de rire. C'est le nom de robot le plus ridicule qu'elle ait jamais entendu.

– Moi, c'est LG2, dit monsieur PS4 en lui serrant la pince.

– Et moi, H2O, ajoute madame RX5 en lui tendant la sienne. Et notre fils, lui, s'appelle H2J 3W6.

– Couscous merguez! croit bon d'ajouter le jeune robot pour mettre du piquant dans la conversation.

Madame RX5 le regarde avec attendrissement.

– Il est tellement chou, le petit chou…

– Bon, Eh Bien, Vous M'Excuserez, Mais Vu Mon Vieil Âge, Je Dois Me Recharger Un Peu Avant

L'Opération, déclare Jean-Claude. Ma Pile Est Très Vieille Et Se Vide Rapidement.

Le vieux réparateur pénètre dans la boutique, laissant ses clients seuls à l'extérieur.

Les parents de H2J s'installent sur la plate-forme de métal. La lune s'est cachée derrière un nuage et une multitude d'étoiles scintillent dans le ciel.

Le petit robot semble fasciné par ce spectacle.

– Qu'est-ce qu'on fait en attendant? demande madame RX5.

– Des biscuits aux pépites de chocolat? propose H2J, rêveur.

Monsieur PS4 n'a pas le temps de répondre

à sa femme que celle-ci
pousse un cri déchirant.

– Quoi? Qu'est-ce qu'il y a?
s'inquiète monsieur PS4.

– Là! s'écrie madame
RX5 en indiquant un point

lumineux qui avance

vers eux dans la nuit.

Le papa robot se retourne

et c'est alors qu'il voit

la chose, lui aussi. C'est

une bestiole. Une bestiole

vivante. Elle se déplace

dans l'air comme un

papillon, sauf que ses ailes

sont plus petites et qu'elle

brille d'une étrange lueur.

Effrayé, monsieur PS4 laisse

échapper un hurlement

à son tour.   Ahhhhhhhh !

  H2J, lui, n'a pas peur

du tout. Même si la luciole

se dirige droit vers lui et

semble prête à se poser
sur sa tête.

– Non ! hurle madame
RX5 en se jetant sur son fils
pour éviter qu'il soit touché
par l'insecte.

Monsieur PS4 attrape
sa femme et son enfant et
les entraîne vers la boutique
du réparateur. Ils roulent
tellement vite qu'ils ne
voient pas le vieux robot

surgir de l'ombre pour venir
à leur rescousse.

Et… schlang! C'est
le grand crash.

Les quatre robots
s'écrasent les uns sur
les autres dans un horrible
bruit de tôle froissée.

Criiiiiii!!!!

Clong!   Clang!

CHAPITRE 15

Un robot K.-O.

Monsieur PS4 est
le premier à se relever.

– Ça va, ma chérie ?

– Oui, oui. Je crois que
je n'ai que quelques
égratignures à la peinture.
Et H2J ?

– Trois hot-dogs avec
une grosse frite !
répond celui-ci.

Son papa l'aide à se
remettre sur roulettes.

– Il marche comme un neuf,
dit-il à sa femme.

– Un œuf brouillé !
Pas de bacon,
pas de saucisse !
ajoute H2J pour
convaincre sa mère.

Madame RX5 est soulagée. Elle se tourne alors vers Jean-Claude. Le réparateur est toujours allongé sur le dos.

Un inquiétant voyant orange clignote sur son cou.

– Monsieur Jean-Claude! Monsieur Jean-Claude!

Madame RX5 secoue le vieillard de métal.

– On dirait qu'il ne réagit plus. Aïe! Qu'est-ce qu'on a fait?

Aïe!

H2J, nerveux, pivote sur lui-même en répétant:

– Pilées ou frites? Pilées ou frites?

Tout à coup, il s'arrête, ramasse quelques câbles et les tend à sa mère.

– Extra sauce!

– Tu as raison, fiston,

on devrait essayer

de le rebrancher.

Monsieur PS4 et madame

RX5 tirent le vieux robot

jusqu'à la prise de courant

la plus proche et branchent

son fil de rechargement.

Jean-Claude se remet

doucement en marche.

– Mer-Ci! C'Est-Gen-Til,

articule-t-il avec difficulté.

119

Son débit est ralenti
et sa voix, très faible.
Tandis qu'il fait le plein
d'électricité, il explique à
la petite famille qu'ils n'ont
rien à craindre des lucioles.
Ni d'aucune bête vivante,
d'ailleurs. Il précise aussi
qu'il a lui-même été créé
par des humains.

– Il y a deux mille ans !
s'étrangle madame RX5.

– Oui. Deux-Mille-Vingt-
Et-Un-Ans-Pour-Être-Plus-
Pré-Cis.

2021 ans !

Il raconte qu'il est un
des derniers modèles à être
sortis des usines humaines.
Il ajoute que les hommes
et les femmes n'étaient pas
tous aussi monstrueux
qu'on veut bien le croire
maintenant.

– Ah non? s'étonne
monsieur PS4.

– Non. Il-Y-En-A-Vait-Des-
Tas-Qui-É-Taient-Gen-Tils.

Le voyant rouge s'éteint
et le vert s'allume sur
la base de rechargement
de Jean-Claude. Le vieux
robot se lève et retire le fil
de la prise. Il a à peine
avancé de quelques

centimètres qu'il s'écroule
sur le sol.

Madame RX5 s'empresse
de remettre sa prise en
place.

– Je-Suis-Dé-So-Lé, émet
péniblement Jean-Claude,
Mais-Je-Crois-Que-Ma-
Pi-Le-Est-Dé-Fi-Ni-Ti-Ve-
Ment-Mor-Te. Je-Ne-Peux-
Plus-Me-Re-Char-Ger.
C'Est-La-Fin-Pour-Moi.

Un long moment de silence suit cette lugubre annonce.

Quand Jean-Claude ouvre de nouveau la mâchoire, c'est pour dire :

— Je-Ne-Pour-Rai-Hé-Las-Pas-O-Pé-Rer-H2J.

Monsieur PS4 et madame RX5 se regardent, effrayés. Ils ne savent pas ce qui les terrorise le plus : voir

mourir un robot sous leurs

yeux ou apprendre que leur

fils ne pourra pas être guéri.

   C'est alors que

Jean-Claude déclare :

– Vous-Al-Lez-De-Voir-Le-

Fai-Re-Vous-Mê-Mes.

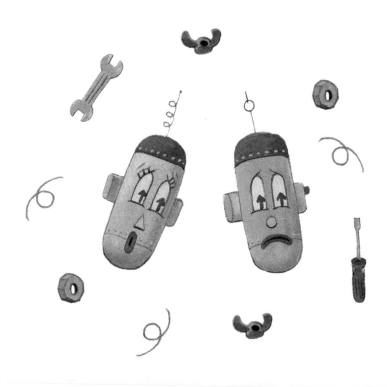

CHAPITRE 16

1 chance
sur 2 345 645

– Mais vous aviez dit que
c'était l'opération la plus
délicate de votre vie !
s'exclame madame RX5.
Nous n'y arriverons jamais.
Nous ne sommes pas

programmés pour
la réparation !

Monsieur PS4 réfléchit
et fait un rapide calcul.

– Nos chances de réussite
sont de 1 sur 2 345 645.

Le vieux réparateur ne
répond pas. Son moteur
ronronne très faiblement.
Il semble sur le point de
s'éteindre à tout jamais.
Tout à coup, un bout de

papier sort de l'imprimante intégrée dans son bras gauche.

Madame RX5 saisit le message qu'elle lit à son mari :

– « C'est vrai que d'un point de vue scientifique et mathématique, vos chances de réussite sont plutôt minces, mais ce n'est pas une raison pour ne pas essayer. Les humains possédaient cette faculté qu'ils appelaient l'espoir.

Parfois, quand ils y mettaient du cœur, même les choses en apparence impossibles devenaient possibles. Je vous encourage à suivre leur exemple. Je le répète. Il n'y avait pas que du mauvais chez les humains. »

– Il a raison. On doit tenter le coup, déclare monsieur PS4, ragaillardi.

Il se penche vers le vieillard.

– Comment devons-nous procéder?

Un nouveau papier, deux fois plus long que le précédent, sort de l'imprimante du vieux robot. Toutes les étapes de l'opération y sont décrites, mais le texte est si pâle que monsieur PS4 et madame RX5 n'arrivent pas à le lire. Ils doivent mettre leur décrypteur en mode turbo pour déchiffrer le mode d'emploi.

– D'abord, il faut éteindre H2J, lit madame RX5.

Elle se tourne vers son fils.

– Tu viens, mon petit?

– Le repas est servi ! dit H2J
en s'allongeant sur la table
d'opération.

Monsieur PS4 va chercher
les outils dans l'armoire
du réparateur pendant
que madame RX5 éteint
son enfant.

Les deux parents ont
la gorge nouée quand
ils entendent le « bip » de
fermeture de leur fils chéri.

Bip !

Bip !

Bip !

133

– Bonne chance, H2O, dit solennellement monsieur PS4 à son épouse.

– Bonne chance à toi aussi, LG2.

Tournevis en main, ils entreprennent alors la délicate, si délicate opération.

Opération délicate

— Tu es sûre que tu as bien lu ? demande monsieur PS4.

— Je suis formelle répond sa femme, en lui tendant le document. Vérifie, si tu veux.

Monsieur PS4 attrape
le long bout de papier.

– C'est vrai, conclut-il, après
l'avoir consulté. Il est bien
écrit qu'on doit démonter
le processeur de monsieur
Jean-Claude.

Les deux robots regardent
le vieillard, toujours couché
sur le sol. Monsieur PS4
prend un ton grave pour
déclarer :

– Mais on ne pourra plus jamais le redémarrer si on lui retire son processeur…

– Je ne sais pas si j'aurai le courage de faire une chose pareille, dit madame *Brrr!* RX5 en frissonnant. Tuer un de nos semblables…

– C'est-La-Seu-Le-So-Lu-Tion, murmure d'une voix à peine audible le vieux robot.

– Mais on ne pourra plus jamais vous remettre en marche ! réplique monsieur PS4.

– Je-Suis-Bon-Pour-La-Fer-Rail-Le-De-Tou-Te-Fa-Çon.

Sur la table, H2J est en pièces détachées. Il faut que les parents se décident vite.

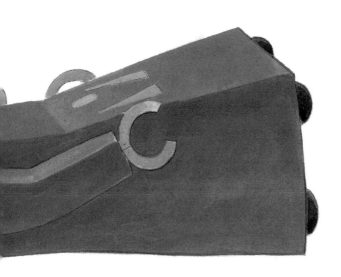

Et s'ils étaient incapables de remonter leur fils comme il faut? S'il ne redémarrait pas lui non plus? Ça serait deux vies gaspillées par leur faute.

Aïe ! Aïe ! Aïe !

– C'est-La-Seu-Le-So-Lu-Tion, répète le vieillard. Je-Suis-Vieux, J'Ai-Fait-Mon-Temps. H2J-Est-Jeu-

Ne. Il-Doit-Vi-Vre. A-Yez-Le-Cou-Ra-Ge-De-L'Es-Poir, articule lentement Jean-Claude.

Ce dernier effort pour parler semble l'avoir anéanti. Son voyant ne clignote plus du tout. On dirait vraiment qu'il est mort.

– Si c'est sa dernière volonté…, dit doucement madame RX5.

– On n'a plus rien à perdre,
poursuit son mari.

Madame RX5 ne peut
s'empêcher de verser
quelques larmes quand
son mari coupe les fils
qui relient le processeur
de Jean-Claude
à son bloc-moteur.

Puis, elle se ressaisit
et recommence à donner
les indications à son époux

pour qu'il puisse continuer l'opération.

Monsieur PS4 arrache des câbles, en relie d'autres. Il ajuste des vis, resserre des boulons. La réparation prend de longues heures.

Au petit matin, toutes les pièces de H2J sont replacées à l'intérieur de son corps. C'est avec émotion que madame RX5 pose le dernier boulon sur le panneau dorsal de son fils.

L'heure de vérité a sonné. Leurs efforts seront-ils couronnés de succès?

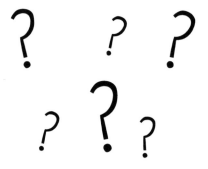

CHAPITRE 18

Ô joie !
Ô bonheur !

— Papa! Maman! s'écrie H2J aussitôt qu'il est remis en marche.

Les deux parents se ruent sur leur enfant pour le serrer dans leurs bras.

Guéling! Guélang!

La famille robot n'en finit

plus de faire des câlins.

C'est un véritable concert

de casseroles. Clong!

Cling! Bang!

– On a réussi! On a réussi!

ne cessent de répéter

le papa et la maman en

pivotant sur eux-mêmes.

Ils sont tellement heureux.

Ils ont l'impression que

leur fils est né pour
la deuxième fois.

Cling! Clang! Et re-câlins!

– Et monsieur Jean-Claude?
lance tout à coup H2J,
mettant brusquement un
terme aux effusions de joie.

Monsieur PS4 et madame
RX5 s'immobilisent.
Les trois robots entourent
la carcasse rouillée du vieux
réparateur.

147

– Il t'a fait don de

son processeur, annonce

tristement monsieur PS4.

– Il est mort? demande

H2J, d'une toute petite voix.

– J'en ai bien peur, répond

sa maman.

– Pour moi? continue-t-il,

la gorge nouée.

– Sa pile était finie, lui dit

son papa pour le consoler.

Il se serait éteint de toute façon.

Le disque dur de H2J se met alors à tourner à toute vitesse. On l'entend ronronner dans le silence de la pièce. Soudain, le jeune robot commence à ouvrir les armoires et à fouiller tous les tiroirs.

– Qu'est-ce que tu fais? lui demande madame RX5,

qui tente de le suivre dans
la boutique.

Mais H2J ne répond pas.
Il farfouille, rassemble *Bing !*
des bouts de ferraille,
empile des fils de toutes *Tac !*
les couleurs, puis il hisse
le vieillard sur la table *Ploc !*
d'opération. C'est avec *Pan !*
des gestes sûrs et efficaces
qu'il plonge une pince
dans la vieille carcasse sous

le regard stupéfait

de son père et sa mère.

Moins d'une heure après,

Jean-Claude ouvre les yeux.

Quelques secondes plus

tard, il ouvre la bouche :

– Je me doutais bien que

tu réussirais à me réparer

quand on t'aurait intégré

mon processeur, pouding

chômeur. Mais je ne croyais

pas que tu l'aurais fait
si vite, cornet de frites.

Il s'adresse ensuite
aux parents, toujours
bouche bée.

– En lui posant la pièce
qui m'appartenait, vous
lui avez transféré l'ensemble
de mes connaissances en
réparation, tarte au citron.
Je vais maintenant pouvoir
prendre ma retraite, ragoût

de boulettes. D'accord,
j'ai une drôle de façon
de parler, steak haché,
mais c'est mieux que de
finir à la ferraille, pain à l'ail.
– Et votre pile? Elle n'est
pas censée être morte?
demande madame RX5.

Jean-Claude hausse
les épaules:
– Je croyais, oui, salade de
macaronis.

Il se tourne vers H2J pour savoir ce qu'il en pense.

Le jeune robot déclare :

– Elle est morte, en effet. Vous allez devoir rester branché en permanence. Du moins jusqu'à ce que je trouve le moyen de vous bricoler une pile compatible avec votre vieux système électrique. Mais je crois que

j'ai déjà une petite idée
de la façon d'y arriver…
– Vous pouvez être fier
de votre fils, douzaine
de saucisses. Ça va être
un grand réparateur, verre
de liqueur.

H2J sourit. Il est tellement
content d'avoir réussi
à sauver Jean-Claude.
– J'aimerais vous demander
une faveur, dit le jeune

robot à la vieille carcasse rouillée.

– Ce que tu voudras, gâteau au chocolat.

– Est-ce que je peux vous appeler grand-papa Jean-Claude ?

Les yeux du vieux réparateur se remplissent d'huile. C'est avec un trémolo dans la voix qu'il répond :

– Si tes parents sont
d'accord, rôti de porc,
ce serait un honneur, gratin
de chou-fleur.

CHAPITRE 19

À bientôt, grand-papa !

— Eh bien, il est temps de rentrer à la maison, annonce madame RX5 après qu'ils se furent tous embrassés, remerciés et félicités.

Monsieur Jean-Claude prête à la petite famille une génératrice mobile pour recharger le VMT. Le véhicule en panne est resté sur la route, près des pommiers. Monsieur PS4 promet de rapporter la génératrice sans tarder.

– Ça vous fera une bonne raison de revenir me voir, œufs au miroir.

– Nous reviendrons
de toute façon, le rassure
madame RX5.

Au moment où elle
franchit la porte, la maman
s'écrie soudain :

– Ah ! j'allais oublier de vous
payer ! Combien vous
devons-nous ?

– Vous voulez rigoler,
sandwich au pâté ? Vous
avez fait tout le boulot,

sirop d'abricot. Et puis,
vous faites partie de
la famille, glace à la vanille.
C'est donc gratuit, paquet
de biscuits!

C'est ainsi que H2J
3W6 rentre à la maison,
guéri, avec des parents fiers
de lui.

Il a hâte de retourner
voir son grand-père parce
qu'il aime bien le réparer,

mais aussi parce qu'il adore

les étranges bestioles

vivantes qui rampent et

volent autour de sa maison.

Des créatures comme il y

en avait tant à l'époque où

les humains n'étaient pas

encore disparus de la Terre.

Une époque très très

lointaine que le petit robot

a l'impression de connaître

un peu mieux maintenant

qu'on lui a posé
le processeur du vieux
réparateur, tartine de
beurre !

Carole Tremblay

Auteure de livres pour la jeunesse et de pièces de théâtre, Carole Tremblay a cette fois imaginé une histoire de robots aussi poignante qu'hilarante. En cherchant un nom pour son petit robot extra poutine, elle a eu une illumination : et s'il s'appelait H2J 3W6, en l'honneur de son propre code postal ?!

Table des matières

Catalogage avant publication de Bibliothèque et Archives nationales du Québec et Bibliothèque et Archives Canada

Tremblay, Carole, 1959-

Le petit robot extra poutine
(Roman lime)
Édition originale : 2006.
Publié à l'origine dans la collection :
Roman vert.
Pour enfants de 7 ans et plus.

ISBN 978-2-89739-228-4

I. Melanson, Luc. II. Titre.
III. Collection : Roman lime.

PS8589.R394P47 2015   jC843'.54
C2015-940039-2
PS9589.R394P47 2015

Direction littéraire : Agnès Huguet
Conception graphique : Nancy Jacques
Révision et correction :
Céline Vangheluwe

Dépôt légal : 1er trimestre 2015
Bibliothèque et Archives
nationales du Québec
Bibliothèque et Archives Canada

Dominique et compagnie
1101, avenue Victoria
Saint-Lambert (Québec) J4R 1P8
Téléphone : 514 875-0327
Télécopieur : 450 672-5448
dominiqueetcompagnie@
editionsheritage.com
dominiqueetcompagnie.com

Imprimé au Canada

Nous reconnaissons l'aide financière du gouvernement du Canada par l'entremise du Fonds du livre du Canada et du Conseil des Arts du Canada.

Nous reconnaissons l'aide financière du gouvernement du Québec par l'entremise du Programme de crédit d'impôt – SODEC – et du programme d'aide à l'édition de livres.